Souvenirs

DE DIX ANS,

MÉLANGE DE VERS ET DE CHANSONS FAITS DEPUIS LE 3 MAI 1814, JUSQU'A CE JOUR.

Par Brazier.

« Vive Henri-Quatre,
« Vive ce Roi vaillant! »

PARIS,
CHEZ RAPILLY, LIBRAIRE,
BOULEVARD MONTMARTRE, N° 23.

1824.

IMPRIMERIE DE DAVID.

Souvenirs DE DIX ANS.

DE L'IMPRIMERIE DE DAVID,
RUE DU FAUBOURG POISSONNIÈRE, N° 1.

LE VIEUX SOLDAT

J'ai fait la guerre à Corfou,
En Hollande, à Moscou,
En Prusse, en Allemagne;
Le Roi n'a dit qu'un seul mot
Et j'ai fait aussitôt
Mon paquet pour l'Espagne

Souvenirs

DE DIX ANS,

MÉLANGE DE VERS ET DE CHANSONS FAITS DEPUIS LE 3 MAI 1814, JUSQU'A CE JOUR.

Par Brazier.

« Vive Henri-Quatre,
« Vive ce Roi vaillant! »

PARIS,

CHEZ RAPILLY, LIBRAIRE,
BOULEVARD MONTMARTRE, N° 23.

1824.

Préface.

AIR : *Chagrin en arrière, plaisir en avant.*
(de DÉSAUGIERS.)

Des Bourbons lorsque j'ai chanté
La blanche bannière,
Je fis de leur douce bonté
Ma règle première;
Et je répétais à part, moi :
« De tous les cœurs chassons l'effroi,
« Voilà la manière
« De chanter le Roi. »

Lorsque le Monarque eût juré
Amnistie entière,
Dans plus d'un français égaré
Je voyais un frère,
Et je répétais à part, moi,
« Louis le veut, suivons sa loi :
« Voilà la manière
« De fêter le Roi. »

Lorsque je vis qu'à son retour
Il traitait en père
Victor, Oudinot, Luxembourg,
J'en eus l'âme fière !...
Et je répétais à part, moi,
« Honorons-les tous, je le doi :
« Voilà la manière
« D'honorer le Roi. »

Respecter ceux qui de l'honneur
Suivent la carrière;
Croire que pour notre bonheur
LOUIS veut tout faire;
Obéir gaîment à sa loi,
Lui garder toujours notre foi:
Voilà la manière
De servir le Roi.

SOUVENIRS DE DIX ANS.

Au Roi.

LE 3 MAI 1814.

AIR *de la Sentinelle.*

Salut au Roi, si long-temps désiré,
Qui recouvrant son sceptre héréditaire,
De tous ses sujets entouré,
Offre à chacun un appui tutélaire.

*

Nous allons voir par lui tout refleurir,
Car c'est la paix que Louis veut nous rendre;
Ah! combien nous devons chérir
Un Prince qui vient pour tarir
Les pleurs qu'il n'a pas fait répandre.

C'est dans l'exil qu'il médita des lois
Pour le bonheur de son peuple fidèle;
C'est dans l'exil qu'il consacra nos droits,
Et les transmit dans sa charte immortelle.
Chez l'étranger, où le sort le plaçait,
Il ne voyait que la France chérie!..
Et quand loin d'elle il gémissait,
Son noble cœur applaudissait
Aux triomphes de sa patrie.

RONDE

SUR

LE RETOUR DES BOURBONS.

MAI 1814.

AIR : *N'y a que Paris.*

Depuis trop long-temps les Français
Ne chantaient, hélas ! qu'avec peine ;
Grâces à LOUIS, désormais
Ils vont chanter à perdre haleine ;
Ah ! pour ranimer la chanson,
Vive un BOURBON ! (*ter*)

Dans les fêtes, dans les repas,
Tout éprouvait de la contrainte,
Les meilleurs mets ne tentaient pas,
Notre soif même était éteinte.
Qui nous fait trouver le vin bon...
C'est un BOURBON. (*ter*)

Par sa clémence, qui pourra
Des Français mériter l'hommage?
Avant peu qui ramènera,
A la ville comme au village,
Le bonheur et le rigaudon?
C'est un BOURBON. (*ter*)

Français, trop long-temps maîtrisés,
Qui finira toutes vos peines?
Français, trop long-temps divisés,
Qui calmera toutes vos haines?
Autour de moi, chacun répond:
C'est un BOURBON!.. (*ter*)

Amis, soyons de bonne foi,
C'est en vain qu'on se le déguise,
La France avait besoin d'un Roi,
Mais d'un Roi qui fut à sa guise :
Or, un Roi de bonne maison...
C'est un Bourbon. (*ter*)

COUPLETS

SUR

LE SECOND RETOUR DU ROI.

8 juillet 1815.

Air : *Il marche à l'immortalité.*

Lorsque Louis nous fit entendre
Et ses adieux et ses regrets,
Il dit : « je reviendrai vous rendre
» Deux fois le bonheur et la paix. (*bis*)

Aussitôt des pleurs de tristesse
On a vu nos yeux se mouiller:
Mais Louis qui tient sa promesse,
Arrive pour les essuyer.

Lorsqu'avec ses sujets fidèles,
Le Roi rentre dans son pays,
Loin de rencontrer des rebelles,
Il ne trouve que des amis. (*bis*)
Et sur sa route, à chaque pause,
Tous les cœurs semblaient s'arrêter;
Si c'est là le Roi qu'on impose,
Le joug est bien doux à porter.

Paris, prêt à tomber en poudre,
Touchait à ses derniers momens!
Lorsqu'au dehors grondait la foudre,
La torche brûlait au dedans. (*bis*)

Mais loin de se laisser abattre,
Les Français disaient, attendris :
« Au Pont-Neuf, prions HENRI QUATRE,
» Il peut encor sauver Paris. »

Et vous, qui parlez de Patrie,
Songez, pour la dernière fois,
Que LOUIS est la garantie,
Et de la France et de ses droits. (*bis*)
Livrons nos cœurs à l'espérance,
LOUIS veille à nos intérêts.
Français, grâces au Roi de France,
Nous resterons toujours Français.

CHANSON

A L'OCCASION

du Banquet donné par MM. les Officiers de la Garde royale, à MM. les Gardes nationaux de Paris.

OCTOBRE 1815.

AIR : *Lise épouse l' beau Gernance.*

En sortant de ma demeure,
Je me disais, tout-à-l'heure,
« Que je voudrais voir de près
« Nos braves soldats français. »

Devant moi la foule s'ouvre,
Et c'est à qui me criera :
« Eh ! morbleu ! montez au Louvre,
» La Garde royale est là. »

Avec nous voulant s'ébattre,
François Premier, Henri Quatre,
Et d'autres Princes chéris
Viennent planer sur Louis (*).
Et, jetant un doux sourire
Sur les braves que voilà,
Leurs ombres semblent se dire :
« La Garde royale est là. »

Quand je vois aux Tuileries,
Nos phalanges aguerries,
Je me dis : « plus que jamais,
« Je suis fier d'être Français ! »

(*) Chaque table portait le nom d'un roi de France ou celui d'un maréchal.

Le crime, dans cet asyle,
Jamais ne pénétrera,
Louis peut dormir tranquille,
La Garde royale est là.

Nous, qu'en ce jour mémorable,
Ont unis à cette table,
L'honneur, la fidélité,
L'harmonie et la gaîté,
Au Roi qu'ici chacun fête,
Buvons les vins que voilà.
Amis, pour nous tenir tête,
La Garde royale est là.

CELA REVIENDRA,

OU

Consolations adressées à Mlle *Laderirette.*

AIR : *Boira qui voudra, Larirette,*
Payera qui pourra, Larira.

Qu'avez-vous donc, Larirette,
Pourquoi pleurez-vous toujours?
Vous aurait-on, ma brunette,
Joué quelques malins tours?
— Mon Dieu! non; mais t'nez, je regrette...
Le temps passé.... — Belle, halte-là;
Regretter cela,
Que dit's-vous là;

Farilon, farila,
Ma brunette;
Le beau temps r'viendra,
Larirette,
Les Bourbons sont là,
Larira !

Les étrangers, au Musée,
Sont v'nus lorgner nos tableaux,
Et d'une manière aisée,
Nous ont soul'vés les plus beaux.
J'en avons eu l'âme brisée,
Et long-temps elle en gémira.
— Gémir pour cela,
Que dit's-vous là ?
Farilon, farila,
Ma brunette;
L' Salon reviendra,
Larirette,
Nos peintres sont là,
Larira !

Ayant triomphé naguère,
J'entends dir' que nos Guerriers,
Désormais ne verront guère
Refleurir leurs vieux lauriers.
Sans pourtant désirer la guerre,
J' pleur' nuit et jour ces lauriers-là.
— Pleurer pour cela,
Que fait's-vous là?
Farilon, farila,
Ma brunette,
La gloire r'viendra,
Larirette,
Nos soldats sont-là,
Larira !

On dit qu' pour parler finance,
Et politique et procès,
Le Dieu Momus, de la France
Est exilé pour jamais,
Et que cett' cruell' sentence

De long-temps ne s' révoquera...
— Vous croyez cela,
Que dit's-vous là ?
Farilon, farila,
Ma brunette...
La gaîté r'viendra,
Larirette,
Les Bourbons sont-là,
Larira !

CANTATE (*)

CHANTÉE CHEZ MONSEIGNEUR

LE DUC DE BERRI,

LE JOUR DE LA SAINT-CHARLES, FÊTE DE LEURS ALTESSES ROYALES.

1817.

CHOEUR.

Vive à jamais CAROLINE et BERRI ;
Que ce cri-là soit celui de la France.

(*) Cette cantate a été mise en musique par M. Vogt, de la Chapelle du Roi, de l'Académie royale de musique et du Conservatoire. Le talent distingué de M. Vogt s'est fait remarquer dans cette charmante composition, et je lui dois le succès que les paroles de cette cantate ont obtenu.

Du trône illustré par HENRI,
Ils sont tous deux l'amour et l'espérance;
Français, Français, n'ayons qu'un même cri:
Vive à jamais CAROLINE et BERRI!..

Quand CHARLES marche sur les traces
Des chevaliers, des nobles preux!..
Par sa jeunesse et par ses grâces,
CAROLINE plait en tous lieux.
De lis tressons une couronne,
Et répétons en la formant:
« CHARLES est le soutien du trône,
» CAROLINE en est l'ornement. »

CHOEUR.

Vive à jamais CAROLINE et BERRI,
Que ce cri-là soit celui de la France;
Du trône illustré par HENRI,
Ils sont tous deux l'amour et l'espérance..

Français, Français, n'ayons qu'un même cri :
Vive à jamais CAROLINE et BERRI !..

Ils prouvent, ces généreux Princes,
Qu'ils sortent du sang des BOURBONS :
Dans Paris et dans nos provinces,
Partout ils font bénir leurs noms :
Entre eux toujours d'intelligence,
Ils ne rivalisent jamais
Que pour consoler l'indigence
Et pour répandre des bienfaits.

CHOEUR.

Vive à jamais CAROLINE et BERRI,
Que ce cri-là soit celui de la France :
Du trône illustré par HENRI,
Ils sont tous deux l'amour et l'espérance.
Français, Français, n'ayons qu'un même cri :
Vive à jamais CAROLINE et BERRI !..

Les maux qui pesaient sur la France,
Devant vous ont fui pour toujours;
Princes, puisse la Providence
Veiller sur vos précieux jours!..
Puissent d'heureuses destinées
Payer tous vos soins assidus...
« Et le ciel compter vos années
« Par le nombre de vos vertus. »

CHOEUR.

Vive à jamais CAROLINE et BERRI,
Que ce cri-là soit celui de la France:
Du trône illustré par HENRI,
Ils sont tous deux l'amour et l'espérance.
Français, Français, n'ayons qu'un même cri:
Vive à jamais CAROLINE et BERRI!..

RATAPLAN,

TAMBOUR DE LA GARDE ROYALE,

A SES AMIS,

LES TAMBOURS DES DÉPARTEMENS.

LE JOUR DE LA SAINT-LOUIS.

AOUT 1818.

AIR *du Vaudeville des habitans des Landes*,
OU : *La Garde royale est-là*.

En avant, les camarades,
C'est la fête d' not' bon Roi,

Il faudrait être malades,
Pour rester c' jour-là chez soi.
Qu' les tambours d' la Gard' royale,
Comm' ceux d' chaqu' département,
Montrant une ardeur égale,
Annoncent c' jour éclatant!
Rantamplan, rantamplan, rantamplan,
Tambour battant.

Autour du Roi, quand tout s' groupe,
Fusiliers et grenadiers,
Il ne faut pas que d' la troupe,
Les tambours soient les derniers.
Allons, en main les baguettes,
Ne perdons pas un moment,
C'est pour rouler qu'ell's sont faites,
Fêtons Louis rondement.
Rantamplan, rantamplan, rantamplan.
Tambour battant.

Nous f'rons marcher l' *Drapeau Blanc* (*).
Rantamplan, rantamplan, rantamplan,
Tambour battant.

(*) Ce vœu formé en 1820, s'est réalisé en 1823.

HENRI IV

SUR LE PONT-NEUF (*).

COUPLETS

Chantés par *Jérôme Dubut*, Fort de la halle, le jour du rétablissement de la statue du bon Roi.

AOUT 1818.

AIR *du Ménage de Garçon.*

Le v'là donc, ce bon Henri Quatre,
Que l'on nomme le Roi des Rois.

(*) En société avec M. Dubois.

Faut chanter, rire et nous ébattre,
Faut pour lui n'avoir qu'une voix. (*bis*)
Ce Prince que chacun renomme,
Le v'là sur l' Pont-Neuf de nouveau.
Je l' disions bien que ce brave homme,
Remonterait un jour sur l'eau.

Grand dans la paix comm' dans la guerre,
C'est un Prince qu'il faut bénir,
C'est un Roi juste et populaire,
Dont l' pauvre a gardé l' souvenir. (*bis*)
Malgré la fureur et l'audace
De ces vandales destructeurs,
Il n'avait fait qu' sortir de place,
Il n'était pas sorti des cœurs.

De Henri, voyant avec peine
Qu' son Pont était devenu veuf,
De regret, la Samaritaine
A dû s'en aller du Pont-Neuf. (*bis*)

La Samaritain' pouvait r'naître,
Ell' f'rait un fameux carillon!..

Bon Henri!.. des Rois le modèle,
A ta place tu resteras
Tant que l' Français sera fidèle
Au premier signal des combats; (*bis*)
Tant qu'il chérira la victoire,
Le vin, la gaîté, les amours,
L'honneur, la franchise et la gloire:
Te v'là sur l' Pont-Neuf pour toujours.

STANCES

SUR LA MORT DU DUC DE BERRI.

(Elles peuvent se chanter sur l'air : *des Chevaliers de la Fidélité.*)

13 FÉVRIER 1819.

BERRI n'est plus !.. ô perte trop cruelle !..
Pleurez beaux-arts !.. pleurez grâces, amours ;
BERRI n'est plus !.. ô douleur éternelle !..
Un assassin vient de trancher ses jours !..

Chaque matin, en ouvrant sa paupière,
Son noble cœur méditait un bienfait;
Il ne songeait qu'au bien qu'il pouvait faire,
Il oubliait celui qu'il avait fait.

A CAROLINE il joint sa destinée,
Tout à la France annonce un heureux sort:
Mais on a vu les feux de l'hyménée
Qui s'allumaient aux flambeaux de la mort.

Sous le poignard lorsqu'il tomba victime,
Rien n'altéra sa foi, ni sa bonté;
Et l'on a vu son courage sublime
Être plus grand que son adversité.

BERRI n'est plus !.. ô perte trop cruelle !..
Pleurez beaux-arts !.. pleurez grâces, amours !
BERRI n'est plus !.. ô douleur éternelle !..
Un assassin vient de trancher ses jours.

OUBLI ET SOUVENIR.

25 AOUT 1819.

AIR *du Vaudeville des deux Edmond.*

Amis, qu'un si beau jour rassemble,
Pour dîner et chanter ensemble,
Si nous avons quelques procès,
Oublions-les. (*bis*)
Mais si nous avons dans la tête
Un refrain qui, pour cette fête,
De nos cœurs atteste l'élan...
Ah! souvenons nous-en! (*bis*

Si nous comptons dans notre histoire
Des jours de sinistre mémoire,
Des jours de deuil et de regrets,
Oublions-les. (*bis*)
Mais quand viendra l'anniversaire
D'un Bourbon, que chacun révère,
D'un prince juste et bienfaisant,
Ah ! souvenons nous-en ! (*bis*)

A nos femmes, comme à nos belles,
Si nous jurons d'être fidèles,
Ces sermens n'étant pas français,
Oublions-les. (*bis*).
Mais toujours prêts à les défendre,
Si nous promettons de répandre
Pour les Bourbons tout notre sang,
Ah ! souvenons nous-en. (*bis*)

SUR LA NAISSANCE

DE MONSEIGNEUR

LE DUC DE BORDEAUX.

---

29 SEPTEMBRE 1820.

AIR : *Depuis long-temps j'aimais Adèle.*

Livrons nos cœurs à l'espérance,
Plus de larmes, plus de regrets !

Sur Caroline et sur la France
Un nouveau jour luit désormais.
Pour dissiper jusqu'au moindre nuage,
Un jeune lis comble nos vœux ardens;
C'est l'arc-en-ciel qui vient après l'orage,
Nous annoncer le retour du beau temps.

O toi, le modèle des mères,
Toi, qui sus braver, tour-à-tour,
Et les soucis et les peines amères,
Dieu devait bien un fils à ton amour!..
Quand de nos Rois il relève la branche,
Portons vers lui nos cœurs épanouis:
Puisqu'il nous rend une nouvelle Blanche,
Il peut encor nous rendre un Saint-Louis.

Prince chéri, le jour de ta naissance
Est un jour de fête pour nous.
Ah! que ton heureuse présence
Offre à nos cœurs un avenir plus doux!

Enfin il est temps qu'on espère
Que tous les Français désunis...
Qui s'agitaient près du tombeau du père,
S'embrasseront au berceau de son fils.

COUPLETS

CHANTÉS AU BANQUET DONNÉ PAR LA 1re LÉGION
DE LA GARDE NATIONALE DE PARIS,

A l'occasion du Baptême de S. A. R. Monseigneur LE DUC DE BORDEAUX.

AVRIL 1820.

AIR *de Lantara.*

Pour fêter un Prince qu'on aime,
Quand l'amitié vient de nous réunir,
Amis, le jour de son baptême,
De nos malheurs perdons le souvenir,

Si nous voulons embellir sa carrière,
De pardonner il faut parler souvent,
C'est un BOURBON, la vengeance en arrière,
C'est un Français, le plaisir en avant!

Sur les BOURBONS et sur la France,
Le sort, hélas! voulut s'appesantir,
Et la plus aveugle démence
Fit de BERRI le plus noble martyr.
Ah! d'un respect, chez nous héréditaire,
Environnons cet Enfant précieux :
L'amour qu'au fils nous portons sur la terre,
BERRI déjà nous le rend dans les cieux.

Malgré les sinistres oracles,
Qui, dans un temps, nous avaient accablés,
Par le plus touchant des miracles,
Des bons Français tous les vœux sont comblés.
Doux rejeton d'une tige sacrée,
HENRI vivra, grandira, régnera;

Sur ses destins la France est rassurée,
Dieu l'a donné, Dieu le protégera.

De nos maux, perdant la mémoire,
Buvons aux arts, au commerce, à la paix,
Buvons à notre ancienne gloire,
Buvons surtout à de nouveaux succès.
Nos jeunes gens, par des routes plus sûres,
Suivront les pas de nos vaillans guerriers;
Oui, nous avons des milliers de boutures,
Qui produiront un jour de beaux lauriers.

RONDE

POUR LE BAPTÊME

DU DUC DE BORDEAUX (*).

AVRIL 1821.

AIR : *En revenant de Charenton.*

En l'honneur du Duc de BORDEAUX,
Verse,
Perce,

(*) Ces couplets et le suivant sont extraits du Garde-chasse de Chambord, vaudeville composé en société avec MM. *Merle* et *de Rougemont*.

Tous nos tonneaux,
Que le bon vin coule à grands flots;
En avant fillettes,
En avant feuillettes,
Buvons et chantons,
Car c'est en ce jour un BOURBON qu' nous fêtons;
Perce,
Verse,
Si l' vin nous renverse,
Nous roul'rons
Avec les flacons.

C'est un BOURBON que nous fêtons,
Perce,
Verse,
Que je l' baptisions,
Souvenons-nous que les lurons,
Quand on les baptise,
Faut qu' tout l' mond' se grise;

Mais jamais on n' doit,
Non, jamais on n' doit
Baptiser l' vin qu'on boit.
Perce,
Verse,
J'en veux une averse:
Ça n' peut nous mouiller
Que l' gosier.

N' baptisons pas le vin qu'on boit,
Perce,
Verse,
Pur comm' ça s' doit,
N'en mets pas plus haut que le doigt,
Et pour que la fête
Ici soit complète,
Il faut qu' nos tonneaux,
Oui, qu' tous nos tonneaux
N'aient plus besoin d' cerceaux,

Perce,
Verse,
Fais aller l' commerce,
Et song' bien
Qu' tout l' mond' boit pour rien.

LE
CHATEAU DE CHAMBORD
SAUVÉ DE LA BANDE NOIRE.

COUPLET.

AIR *de la Sentinelle.*

Ah ! conservons avec un saint respect
Les monumens de notre vieille France,
Pour qu'un Français de leur antique aspect,
Dans tous les tems éprouve la puissance.

Après tant de tristes erreurs,
Si funestes pour notre histoire,
Perdons, en essuyant nos pleurs,
Les souvenirs de nos malheurs,
Mais gardons ceux de notre gloire.

COUPLETS

Chantés dans un Banquet de Gardes nationaux, à Épernay, en Champagne.

OCTOBRE 1820.

AIR : *Amis, dépouillons nos pommiers.*

Allons, officiers et soldats,
Qui nous trouvons ensemble;
Le verre en main, n'oublions pas
Le but qui nous rassemble.
De vous commander
Et de vous guider,

Aujourd'hui je me charge.
Quand il faut saisir
L'heure du plaisir
Marchons au *pas de charge.*

Puisqu'au Roi nous avons promis
De veiller sur la France,
Ne trahissons pas, mes amis,
Sa plus chère espérance.
Pour que d'un honneur
Si grand, si flatteur,
Chacun de nous soit digne,
Défendre la loi,
Mourir pour le Roi,
Voilà *notre consigne.*

De la paix dont nous jouissons,
Sachons goûter les charmes;
Mais pour défendre les Bourbons,
Si l'on criait aux armes:

Chacun accourrait,
Nul ne manquerait
A passer la revue :
Car, chez les Français,
L'honneur n'est jamais
Sentinelle perdue.

Le Prince qui comble nos vœux (*)
Met la France en goguette,
Le riche sable du vin vieux,
Le pauvre sa piquette.
L'un perce du Nuits,
L'autre du Chablis,
L'autre du vin d'Espagne ;
Au duc de Bordeaux
Vidons les tonneaux
De toute la Champagne.

(*) Le duc de Bordeaux.

LE FAUBOURIEN

Au Baptême de S. A. R. Monseigneur
LE DUC DE BORDEAUX.

CHANSON GRIVOISE.

2 MAI 1821.

AIR : *J' tapp' partout, j' connais rien.*

Mais quoiqu' tu fais donc, not' femme,
V'là huit heur's qui vont sonner,

Et les cloch's de Notre-Dame
Qui n' cessont point de bourdonner.
Not' Henri va s' mettre en route
Pour l'église, et jarnigoi...
J' serions dans un' fièr' déroute
Si not' Princ' passait sans moi.
Comm' je l'aim' et l' respecte,
Je n' veux pas qu'on suspecte,
Pour le *p'tit Parisien* (*),
L' zèl' d'un faubourien.

Quell' grand' fêt' pour ce p'tit homme,
Queu beau coup-d'œil ça fera !
Donn'-moi la goutte d' rogome,
Et filons plus vît' que ça.
uisse l'eau que l'on apprête
Pour baptiser c't innocent,

(*) Nom que les habitans du faubourg St.-Antoine donnaient au petit Duc de Bordeaux.

Comm' on dit, laver la tête
A celui qui n' s'rait pas blanc.
C'est là, vois-tu, not' femme,
Du plus profond d' notre âme,
 Pour le p'tit Parisien
 L' vœu d'un faubourien.

Tu n' vas pas, vas donc plus vîte;
C' bon p'tit ang', j' crais que l' v'là.
Il a tout d' même un' bell' suite,
Et mérit' bien c' t' honneur là !..
Tiens, j'apercevons sa mère,
V'là les larmes qui vienn' t' aux yeux,
Et quand je pense à son père,
Elles coul't encor bien mieux.
Moi, qui n' pleur' qu'en cachette,
Tu vois, ma pauvr' Fanchette,
 Pour le p'tit Parisien
 L' cœur d'un faubourien.

L'habit ne fait pas le moine,
Tu peux t' vanter qu'on t'aime ben,
Dans le faubourg Saint-Antoine,
Comm' dans l' faubourg Saint-Germain.
Quoiqu' t'es trop jeun' pour m'entendre,
Pour toi, je m' f'rais assommer;
Oui, je jurons d' te défendre,
Comm' j'avons juré d' t'aimer.
  Qu'il survienne une affaire
  On verra c' que peut faire,
    Pour le p'tit Parisien,
    L' bras d'un faubourien.

JÉROME

AUX CHAMPS-ÉLYSÉES.

RONDE POPULAIRE.

25 AOUT 1822.

AIR *du Bastringue.*

Vive, vive la Saint-Louis !
Dans la France
On chante, on danse,
Tous les fronts sont épanouis,
Et tous les cœurs sont réjouis.

Fanchon, c'est un' autr' pair' de manches,
Pass' ton caraco des dimanches,
Et viens nous-en, bras d'ssus, bras d'ssous,
Avec les amis fair' les foux.

Vive, vive la Saint-Louis!
Dans la France
On chante, on danse,
Tous les fronts sont épanouis,
Et tous les cœurs sont réjouis.

C'est à deux heures qu'à la file,
On va distribuer dans la ville,
Canards et dindons par milliers,
J' veux qu'on m'y trouve un des premiers.

Vive, vive la Saint-Louis!
Dans la France
On chante, on danse,

Tous les fronts sont épanouis ,
Et tous les cœurs sont réjouis.

Henri Quatre , c' Roi des bons drilles ,
Aimait l' vieux vin et les jeun's filles ,
Quand on fête un d' ses descendans ,
On peut se mettre un p'tit brin de dans.

Vive , vive la Saint-Louis !
Dans la France
On chante , on danse ,
Tous les fronts sont épanouis ,
Et tous les cœurs sont réjouis.

Tu sais qu' tous les deux j' somm's sensibles
Aux distributions d' comestibles ;
Tâch' d'attrapper queuqu' chose en l'air ,
C' qu'on a gratis , coûte moins cher.

Vive, vive la SAINT-LOUIS !
Dans la France
On chante, on danse,
Tous les fronts sont épanouis,
Et tous les cœurs sont réjouis.

Fanchon, tu verras si je cagne,
Quand j' vas grimper au mât d' cocagne,
Y-a z' un' timbal', ce prix-là m' plait,
Vu qu' j'aime à jouer du gob'let.

Vive, vive la SAINT-LOUIS !
Dans la France
On chante, on danse,
Tous les fronts sont épanouis,
Et tous les cœurs sont réjouis.

De Louis-l'-Grand, à notre vue,
On vient de r'lever la statue,

En y pensant, le bon HENRI,
Sur le Pont-Neuf en a souri.

Vive, vive la SAINT-LOUIS!
Dans la France
On chante, on danse,
Tous les fronts sont épanouis,
Et tous les cœurs sont réjouis.

Buvons à c'te bonne Duchesse,
Qui nous donn' tant d' marques d' tendresse,
Sans oublier l' Duc de Bordeaux,
Qu'est un d' ses plus jolis cadeaux.

Vive, vive la SAINT-LOUIS!
Dans la France
On chante, on danse,
Tous les fronts sont épanouis,
Et tous les cœurs sont réjouis.

Buvons au Roi, l' respect le r'clame.
Buvons à *Monsieur*, à *Madame*,
Buvons à *Mad'moiselle* aussi,
V'là d' quoi nous griser, Dieu merci!

Vive, vive la Saint-Louis!
Dans la France
On chante, on danse,
Tout les fronts sont épanouis,
Et tous les cœurs sont réjouis.

LETTRE

EN MANIÈRE DE CHANSON,

Adressée à *Francœur*, Grenadier de la Garde, en Espagne, par mademoiselle *Victoire*, Cuisinière à Paris,

25 AOUT 1823.

AIR : *Gueurnadier, que tu m'affliges.*

Gueurnadier, c'est ta compagne,
C'est Victoir', moi, qui t'écris,

Quelques lignes en Espagne,
Par la p'tit' poste d' Paris.
Partout mon cœur t'accompagne,
Et je ne ferai jamais,
Non, non, jamais,
D' glissades,
D' parades,
D' cascades,
A mon gueurnadier français.

D'abord, j' t'écris pour te dire
Qu' c'est aujourd'hui la Saint-Louis,
Qu' tous les cœurs sont en délire,
Tous les fronts épanouis.
L'ivress' que ce jour inspire,
Ma mise en l'air drès l' matin;
Et d'un coup d' main,
Manchettes,

Coll'rettes,
Cornettes,
J'ai r'passé tout mon ling' fin.

Comm' nos bourgeois, j'imagine,
De bonne heur' quitt'ront l' logis,
J'ai donné dans ma cuisine,
Rendez-vous à queuq' z'amis :
Tu pens's bien, comm' ça s' devine,
Que l'ans' du panier dans'ra ;
Oui, sois sûr qu'à
Vot' gloire,
Victoire
F'ra boire
L' cassis et l' café Moka.

D'un bon Roi quand c'est la fête,
Y-a foul' chez les jardiniers ;

Pour l' notr', partout on achète
D' s'œillets, des ros's par milliers.
Mais quand la campagn' s'ra faite,
Dragons, chasseurs, cuirassiers
Et gueurnadiers,
Cornette,
Trompette
En tête,
Lui rapport'ront des lauriers (*).

Gueurnadier, que ça m'afflige,
Comme on dit, de n' plus te voir;
Dam' faut, quand l' sarvic' l'oblige,
Qu' l'amour passe après l' devoir.
Ma constanc' tient du prodige,
J' te gard'rai toujours ma foi,
Mais toi, sois moi

(*) Ils ont tenu leurs promesses.

Fidèle,

Constant,

Sincère

Comm' tu l'es à not' bon Roi.

LE VIEUX REFRAIN (*).

25 AOUT 1823.

AIR : *Patrie, honneur, pour qui j'armai mon bras.*
(*de la Somnambule*).

C'est aujourd'hui que d'un Roi désiré
Tous les Français vont célébrer la fête ;
Qu'un vieux refrain, pour ce jour consacré,
De notre amour soit ici l'interprête.

(*) Cette chanson et celle intitulée le *Soldat du Train*, ont été composées en société avec M. Coupart.

Chantons, Français, soldats et troubadours,
Le Roi long-temps, et les Bourbons toujours.

Avec transport, lorsque nos bons aïeux
Voyaient venir cette fête divine,
Que disaient-ils de ce Roi très-pieux,
Qui gémissait captif en Palestine (*)?
Chantons, Français, soldats et troubadours,
Le Roi long-temps, et les Bourbons toujours.

Pour ce Louis, père de ses sujets (**),
Lorsqu'arrivait cette fête si chère,
Le peuple alors, comblé de ses bienfaits,
Disait gaîment, à chaque anniversaire:
Chantons, Français, soldats et troubadours,
Le Roi long-temps, et les Bourbons toujours.

(*) Saint-Louis.

(**) Louis XII.

Que disait-on de ce Louis-le-Grand (*),
Qui fut l'honneur, le Dieu de la patrie,
Et sut placer la France au premier rang
Par les beaux-arts, la gloire et l'industrie?
Chantons, Français, soldats et troubadours,
Le Roi long-temps, et les BOURBONS toujours.

A pareil jour, quand les Français heureux,
Se rencontraient partout sur son passage,
Que disaient-ils de ce Roi vertueux,
Qui disparut au milieu d'un orage (**)?
Chantons, Français, soldats et troubadours,
Le ROI long-temps, et les BOURBONS toujours.

Oui, célébrons à jamais les BOURBONS,
Ils eurent tous des droits à notre hommage;

(*) Louis XIV.

(**) Louis XVI, martyr.

Et pleins d'amour pour des Princes si bons,
Que nos enfans répètent d'âge en âge :
Chantons, Français, soldats et troubadours,
Le Roi long-temps, et les BOURBONS toujours.

LE VIEUX SOLDAT.

AOUT 1823.

AIR : *Vive le vin de Ramponneau.*

Vive LOUIS, vive le ROI !
Franchise
Est ma devise ;
Je suis soldat de bon aloi,
Jamais je ne manque à ma foi,
Moi !

Amis, je voue aux BOURBONS,
A ces Princes si bons,

Mon sang, mon existence ;
Quand un boulet m'atteindrait,
De même on m'entendrait
  Crier : vive la France !

Vive Louis, vive le Roi !
        Franchise
        Est ma devise ;
Je suis soldat de bon aloi,
Jamais je ne manque à ma foi,
          Moi !

Henri, jadis aux combats,
Conduisait nos soldats
Avec son blanc panache.
A nos enfans, ventregué,
Ce brave homme a légué
Le poil de sa moustache.

Vive Louis, vive le Roi !
Franchise
Est ma devise ;
Je suis soldat de bon aloi,
Jamais je ne manque à ma foi,
Moi !

J'ai fait la guerre à Corfou,
En Hollande, à Moscou,
En Prusse, en Allemagne :
Le Roi n'a dit qu'un seul mot,
Et j'ai fait aussitôt
Mon paquet pour l'Espagne.

Vive Louis, vive le Roi !
Franchise
Est ma devise ;
Je suis soldat de bon aloi,

Jamais je ne manque à ma foi,
Moi!

J'aurai bientôt cinquante ans,
Malgré cela, j'entends,
Signalant mon courage,
Marcher, le sac sur le dos,
Près du Duc de Bordeaux:
La valeur n'a point d'âge.

Vive LOUIS, vive le Roi!
Franchise
Est ma devise;
Je suis soldat de bon aloi,
Jamais je ne manque à ma foi,
Moi!

Des soldats du régiment,
Je suis tout fier, vraiment,

D'être le patriarche.
Au nom de mon Roi chéri,
Je ne connais qu'un cri,
Et c'est : *En avant marche!..*

Vive LOUIS, vive le Roi !
Franchise
Est ma devise;
Je suis soldat de bon aloi,
Jamais je ne manque à ma foi,
Moi!

Le drapeau blanc a guidé
Et Turenne et Condé
Dans les champs de la gloire ;
Il a conduit Reggio
Et Conégliano
Encore à la victoire.

Vive Louis, vive le Roi!
Franchise
Est ma devise;
Je suis soldat de bon aloi,
Jamais je ne manque à ma foi,
Moi!

Un Prince aimé des Français
Commande avec succès
Notre fidèle armée:
Sa bonne foi, sa valeur,
Entretiennent l'ardeur
Dont elle est animée.

Vive Louis, vive le Roi!
Franchise
Est ma devise;
Je suis soldat de bon aloi,

Jamais je ne manque à ma foi,

Moi!

Fêtons le vin et l'amour,

Et, dans un si beau jour,

Qu'en tous lieux on répète :

« Malheur à qui n'a pas ri,

» Des Enfans de HENRI

» C'est aujourd'hui la fête. »

Vive LOUIS, vive le ROI!

Franchise

Est ma devise;

Je suis soldat de bon aloi,

Jamais je ne manque à ma foi,

Moi!

Plus de haines, de partis,

Les chagrins sont partis

Loin d'un Roi qui nous aime;
Si les gens qui sont aigris,
Buvaient, ventre saint-gris,
Ils chanteraient de même.

Vive Louis, vive le Roi!
Franchise
Est ma devise;
Je suis soldat de bon aloi,
Jamais je ne manque à ma foi,
Moi!

LE SOLDAT DU TRAIN

A SES CAMARADES,

LE JOUR DE LA SAINT-LOUIS.

AOÛT 1823.

AIR : *Faut d' la vertu, pas trop n'en faut.*

C'est la fête d' not' souverain,
Entonnons un joyeux refrain ;
On peut se mettre un peu dans l' train,
Lorsque l'on est soldat du train.

Soldats d' la garnison d' Vincennes,
Chantons, dansons toute la nuit;
Ce jour nous défend d' fair' des scènes,
Mais il nous permet d' fair' du bruit.

C'est la fête d' not' souverain,
Entonnons un joyeux refrain;
On peut se mettre un peu dans l' train,
Lorsque l'on est soldat du train.

A Paris, comm' dans chaque province,
J' dis que l' brutal (*) va fair' son jeu;
Dam' pour fêter un si bon Prince,
Les artilleurs sont tout de feu.

C'est la fête d' not' souverain,
Entonnons un joyeux refrain;
On peut se mettre un peu dans l' train,
Lorsque l'on est soldat du train.

(*) Nom que les canonniers donnent aux canons.

A notr' honneur, afin d' fair' brèche,
L'ennemi voulut nous tenter,
Mais voyez-vous, i' n'y eut pas mèche:
Comm' nous i' n' savait pas pointer.

C'est la fête d' not' souverain,
Entonnons un joyeux refrain;
On peut se mettre un peu dans l' train,
Lorsque l'on est soldat du train.

Nos frèr's d'arm's qu'ont fait la campagne,
Vont r' venir avec leurs drapeaux;
Car il paraîtrait qu'en Espagne,
Y' n' tir' pas leur poudre aux moineaux.

C'est la fête d' not' souverain,
Entonnons un joyeux refrain;
On peut se mettre un peu dans l' train,
Lorsque l'on est soldat du train.

Vive à jamais l' duc d'Angoulême ;
Au château s'il manque au banquet,
Le r'tour de c' Princ' que chacun aime
S'ra pour not' Roi l' meilleur bouquet.

C'est la fête d' not' souverain,
Entonnons un joyeux refrain ;
On peut se mettre un peu dans l' train,
Lorsque l'on est soldat du train.

VIVE LE ROI!

COUPLETS

CHANTÉS A MON PÈRE, LE JOUR DE LA SAINT-PIERRE (SON PATRON).

AIR : *Vive Henri Quatre.*

PIERRE, à sa fête,
M'écoute tous les ans;
Muse, sois prête
A peindre mes accens.

Pour mieux lui plaire,
Je prétends, rimer, moi,
Des couplets pour Pierre,
Sur l'air vive le Roi!

Si le Roi brille
Par le plus noble cœur;
Pierre, en famille,
Jouit du même honneur.
Or, on peut faire
Aisément, je le voi,
L'éloge de Pierre,
Dans l'éloge du Roi.

Si le Roi, crie:
« Aidez les malheureux. »
Pierre ne prie
Chaque jour que pour eux.

On ne peut guère,
Bien comparer en soi,
La bonté de Pierre
Qu'à la bonté du Roi.

Pierre aime à suivre
La bannière des lis,
Pierre veut vivre,
Tant que vivra Louis.
D'un cœur sincère
Si nous voulons, ma foi,
Crier : vive Pierre!
Crions, vive le Roi!

Ah! puisque Pierre
Ne vit que pour le Roi,
Prouvons à Pierre
Notre amour pour le Roi.

Portons chez Pierre,
En francs amis du Roi,
La santé de Pierre,
Dans la santé du Roi.

LES CALEMBOURGS

DE CADET BUTEUX.

SUR LA GUERRE D'ESPAGNE.

NOVEMBRE 1823.

CHANSON GRIVOISE.

AIR : *Allons tous, bras d'ssus, bras d'ssous.*

De l'Espagn', fêtons l' vainqueur,
A la gaîté plus d'entraves,
Mes amis, chantons en chœur,
Nos braves
De tout not' cœur.

Les malins, à tout propos,
Plaisantaient sur c'te campagne;
Mais nos brav's, comm' leurs drapeaux,
Sont revenus *blancs d'Espagne...*
Blancs d'Espagne,
Blancs d'Espagne.

De l'Espagn', fêtons l' vainqueur,
A la gaîté plus d'entraves,
Mes amis, chantons en chœur,
Nos braves
De tout not' cœur.

En Espagn' y a d' bon tabac;
Mais que d' gens y font la lippe,
Et fum't *ab hoc* et *ab hac...*
Sans connaître l' nom d'un' pipe.,
Nom d'un' pipe!
Nom d'un' pipe!

De l'Espagn', fêtons l' vainqueur,
A la gaîté plus d'entraves,
Mes amis, chantons en chœur,
Nos braves
De tout not' cœur.

Dans l' pays, lorsqu'on entra,
Que d' gens disaient : « Y a d' la marge;
« Bientôt en r'traite on battra. »
Et moi, j' disais *pas de charge....*
Pas de charge,
Pas de charge.

De l'Espagn', fêtons l' vainqueur,
A la gaîté plus d'entraves,
Mes amis, chantons en chœur,
Nos braves
De tout not' cœur.

Nos soldats, à la rigueur,
Pourraient se passer de fête;
Car, en fait d' gloire et d'honneur,
Ils sont arrivés *au faîte !..*
Oui, z'au faîte,
Oui, z'au faîte !..

De l'Espagn', fêtons l' vainqueur,
A la gaîté plus d'entraves,
Mes amis, chantons en chœur,
Nos braves
De tout not' cœur.

Que l' crincrin, pour nos succès,
Mette en train la contredanse,
Car on sait qu' tout bon Français
Toujours en pareil *cas danse...*
En cadence,
En cadence.

De l'Espagn', fêtons l' vainqueur,
A la gaîté plus d'entraves,
Mes amis, chantons en chœur,
Nos braves
De tout not' cœur.

LA PRÉDICTION

ACCOMPLIE.

CHANSON

Sur les heureux résultats de la guerre d'Espagne.

DÉCEMBRE 1823.

Air : *Tralala, tralala.*

Lorsque nos soldats partaient,
Certaines gens répétaient :

« Craignons de nouveaux combats ; »
Et moi, je disais tout bas :
« Les Français (*bis*)
» Sauront faire
» Encor la guerre,
» Les Français (*bis*)
» Auront toujours des succès. »

En conduisant les canons,
En escortant les caissons,
Que disaient les tirailleurs,
Que disaient les artilleurs :
« Des boulets ! (*bis*)
» Et l'affaire
» Sera claire ;
» Des boulets ! (*bis*)
» Nous répondons du succès. »

Quand les villes se rendaient,
Quand elles se défendaient,
Quel était le premier cri
Du descendant de HENRI :
Point d'excès ! (*bis*)
Notre panache
Est sans tache,
Point d'excès ! (*bis*)
Nous flétririons nos succès.

Lorsque je vois triomphans,
Mon pays et ses enfans,
Je dis à l'homme intrigué
Dont le front n'est pas trop gai :
« Des regrets !.. (*bis*)
» On le devine
» A la mine,

» Des regrets !.. (*bis*)
» Pourquoi pleurer nos succès ?

Lorsqu'en France, nos guerriers,
Rentrent couverts de lauriers,
Tâchons que les chansonniers
N'arrivent pas les derniers.
Des couplets !.. (*bis*)
Que la lyre
Nous inspire ;
Des couplets !.. (*bis*)
Il faut chanter nos succès.

Nos frères nous sont rendus,
Des honneurs leur sont bien dus ;
Que partout sur leur chemin,
On chante le verre en main :
Du vin frais ; (*bis*)

Ouvrons nos caves
Aux braves ;
Du vin frais, (*bis*)
Il faut boire à leurs succès.

LES DEUX GLOIRES.

STANCES

SUR L'AIR *de Pierre-le-Grand.*

DÉCEMBRE 1823.

Un Bourbon languit dans les fers !...
S'est écrié le Roi de France :
Cent mille bras, soudain se sont offerts
Pour opérer sa délivrance.
Et l'on a vu les soldats d'Austerlitz
Entourer tous la bannière des lis.

De l'honneur seul, suivant la loi,
Partout, sur les champs de bataille,
C'est en criant : Français, vive le Roi !...
Qu'ils s'élançaient sous la mitraille.
Et l'on a vu des soldats d'Austerlitz,
Le sang rougir la bannière des lis.

Ils sont rentrés, ces vieux soldats,
Du courage nobles modèles.....
Qu'un jour Louis les rappelle aux combats.
Ils les retrouvera fidèles.....
Oui, pour jamais, les soldats d'Austerlitz
Ont adopté la bannière des lis.

LE DÉPART

ET LE RETOUR (*).

2 DÉCEMBRE 1823.

AIR *du Vaudeville des Frères de lait.*

Quand nos soldats loin de la France,
Allaient porter notre vieil étendard,
Nos cœurs, nos vœux, notre espérance
Les escortaient à leur départ. (*bis*)

(*) Cette chanson et la suivante ont été faites en société avec M. Carmouche.

En leur absence, la victoire
Nous a parlé d'eux chaque jour;
Et c'est le clairon de la gloire,
Qui nous annonce aujourd'hui leur retour. (*bis*)

Un Fils de France a pris les armes,
De la patrie il quitte le rempart;
Tremblans pour lui, nos craintes, nos alarmes
L'accompagnent à son départ. (*bis*)
Il est vainqueur! la crainte cesse,
Le ciel le rend à notre amour!
Et maintenant ce sont des cris d'ivresse,
Qui, dans nos murs, annoncent son retour. (*bis*)

Il a conduit dans l'antique Ibérie
Les vieux drapeaux des Condé, des Bayard;
En les voyant quitter notre patrie,
Chacun pour eux, priait à leur départ. (*bis*)

Après avoir guidé la foudre,
Nos soldats groupés à l'entour...
Les rapportent couverts de poudre...
De nos drapeaux, célébrons le retour. (*bis*)

LES INVALIDES

ET LES JEUNES SOLDATS.

2 DÉCEMBRE 1823.

AIR : *Je reconnais ce militaire.*

Les jeunes soldats de la France,
A nos vieux guerriers vont s'unir !..
En ce beau jour, c'est l'espérance
Qui brille auprès du souvenir. (*bis*)

Un grand Prince (*) après la victoire,
De ses soldats sachant le prix,
Fit bâtir un temple à la Gloire,
Pour en conserver les débris. (*bis*)

Les jeunes soldats de la France
A nos vieux guerriers vont s'unir !..
En ce beau jour, c'est l'espérance
Qui brille auprès du souvenir. (*bis*)

De retour, vaillans et fidèles,
En France, nos jeunes guerriers
Rapportent des palmes nouvelles
Pour mêler à de vieux lauriers. (*bis*)

Les jeunes soldats de la France
A nos vieux guerriers vont s'unir !..

(*) Louis XIV.

En ce beau jour c'est l'espérance
Qui brille auprès du souvenir. (*bis*)

Rien n'arrête leurs pas rapides,
On trouve, grâce à nos soldats,
Dans le jardin des Invalides,
Des lauriers de tous les climats. (*bis*)

Les jeunes soldats de la France
A nos vieux guerriers vont s'unir!..
En ce beau jour, c'est l'espérance
Qui brille auprès du souvenir. (*bis*)

Les soldats des jeunes milices,
Voyant ces restes glorieux!..
Sont jaloux de leurs cicatrices...
Les honneurs font des envieux! (*bis*)

Les jeunes soldats de la France
A nos vieux guerriers vont s'unir!..

En cę beau jour, c'est l'espérance
Qui brille auprès du souvenir. (*bis*)

De plaisir leurs cœurs doivent battre
De voir la bannière des lis
Triomphante sous Henri Quatre,
Vaincre encor sous son petit-fils. (*bis*)

Les jeunes soldats de la France
A nos vieux guerriers vont s'unir!..
En ce beau jour, c'est l'espérance
Qui brille auprès du souvenir. (*bis*)

Que vos âmes soient échauffées:
Servez la France à votre tour;
Soldats!.. parmi ces vieux trophées,
Vous aurez votre place un jour. (*bis*)

Les jeunes soldats de la France
A nos vieux guerriers vont s'unir !..
En ce beau jour, c'est l'espérance
Qui brille auprès du souvenir. (*bis*)

LE
VIEUX DRAPEAU.

1823.

Air : *Elle aime à rire, elle aime à boire.*

Pour mettre un terme à la souffrance
D'un Roi captif et malheureux,
On vit partir cent mille preux,
Commandés par un fils de France!...

Son mot d'ordre fut : « point d'excès. »
De nos Bourbons, c'est la manière.
Respect à la blanche bannière,
Honneur au vieux Drapeau français. (*bis*)

Ce Prince, fier de notre gloire,
Se montra brave autant qu'humain;
Ce fut l'olivier à la main
Qu'il alla chercher la Victoire.
Dans tous les cœurs, trouvant accès,
Il a soumis l'Espagne entière.
Respect à la blanche bannière,
Honneur au vieux Drapeau français. (*bis*)

Les Invalides, sous leur dôme,
Contemplent tous avec fierté,
L'étendard qu'ont jadis porté
Les Duguesclin et les Vendôme.
Se rappelant d'anciens succès,
Ils redisent dans leur prière :

« Respect à la blanche bannière,
« Honneur au vieux Drapeau français. » (*bis*)

Du noble éclat qui l'environne,
Français, jouissez maintenant;
Car sur le front de Ferdinand
Il a replacé la couronne.
Puisqu'il a gagné son procès,
Entonnons cette hymne guerrière :
Respect à la blanche bannière,
Honneur au vieux Drapeau français. (*bis*)

LE SOLDAT

LABOUREUR.

STANCES.

1823.

(Elles peuvent se chanter sur l'Air :)

Muses des bois et des accords champêtres.

Le vieux Francœur avait juré, naguère,
En regagnant le chaume hospitalier,

Que si son Roi faisait un jour la guerre,
Il reprendrait l'habit de grenadier.
Louis l'appelle, aussitôt il s'écrie :
« De ton serment, ressouviens-toi, Francœur... »
Et pour servir le trône et la Patrie,
Il est parti, le Soldat laboureur.

Tambour battant, le voilà qui chemine ;
Il fallait voir ce modeste héros,
Sa vieille croix pendue à sa poitrine,
Fusil en main et le sac sur le dos.
Comme autrefois, aux champs de l'Ibérie,
Sous la mitraille, on retrouva Francœur ;
Et pour servir letrône et la Patrie,
Il bravait tout, le Soldat laboureur.

Lorsque la paix eût fini la campagne,
Il a soudain quitté le bataillon.
Près de sa mère et près de sa compagne,
Ses nobles mains vont tracer le sillon.

Pour les Bourbons, soir et matin il prie,
Et l'on entend répéter à Francœur :
« Ah ! pour servir le trône et la Patrie,
« Il veille encor, le Soldat laboureur. »

POÉSIES

DIVERSES.

Lith. de C. Constans.

Grace!. Grace!.. Bonchamps le veut!...

LE VENDÉEN.

Fidélité, vertu rare et touchante,
Je dirai ton pouvoir divin!...
O Muse!... inspire-moi, je chante
Le Vendéen!...

Lorsqu'il combat pour le Prince qu'il aime,
Quels que soient les coups du destin,
Il dit : *Vive le Roi, quand même!...*
Le Vendéen!...

C'est dans les temps heureux que le Vendéen prouve
Son amour pour son souverain;
C'est dans le malheur qu'on retrouve
Le Vendéen !....

A son pays quand la paix est rendue,
Au Louvre il ne court pas soudain....
Il s'en retourne à sa charrue,
Le Vendéen !....

Il entend sans effroi sonner l'heure suprême,
Une croix brille sur son sein,
Il dit : *Vive le Roi, quand même !....*
Le Vendéen !....

ENVOI

A Mme DE BONCHAMPS.

Toujours pour le malheur, après une victoire,
Bonchamps fut généreux, humain ;
Aussi garde-t-on la mémoire
Du Vendéen.

MOT

DU COMTE D'ARTOIS.

EN 1814.

Quand la divine Providence
A notre amour eût rendu les Bourbons,
Pour contempler des Princes aussi bons
On a vu sur leurs pas courir toute la France.
Un petit garçon de six ans,
Qui ne connaissait pas l'histoire
Et brouillait tout dans sa mémoire,

Criait, en agitant deux petits drapeaux blancs :
« Vive le Roi qui nous arrive,
« Vive not' bonn' duchess', vive not' bon seigneur !
« Viv' le comte d'Artois, viv' le Roi, viv' l'Emp'reur !
Riant de sa grâce naïve,
Le bon Prince en se retournant,
Lui dit : « *C'est très-bien, mon enfant,*
« *Il faut que tout le monde vive.* »

ANECDOTE.

Un soir, dans un cercle brillant,
Un fournisseur, nommé Labranche,
S'écriait fort ingénument :
« Messieurs, sur les grands noms je suis fort ignorant;
« De ce *Condé*, dont on nous parle tant,
Dites-moi donc quelle est *la branche* ?...
Monsieur... répond un vieux guerrier :
« Mais c'est *la branche* de laurier. »

MOT

DE HENRI IV.

L'ambassadeur d'une cour étrangère,
Voyant des officiers français
Qui serraient Henri d'assez près,
Trouvait cette conduite étrange et familière.
« Ces braves gens font partout leur devoir, »
Répond ce Roi plein de courage :
« Et le jour d'un combat, si vous pouviez me voir,
« Ils me pressent bien davantage !... »

RÉPONSE

DE HENRI IV.

Des ligueurs ayant demandé
Au bon Henri certaine garantie :
Ce grand Roi, que partout l'honneur avait guidé,
Leur répond avec modestie :
« Je n'ai jamais trahi ma foi,
« Et puisqu'il faut que je vous donne
« Des sûretés, ce sera moi
« Qui répondrai de ma personne.

« Je sais, messieurs, qu'en pareil cas,
« Henri-Trois vous céda naguère;
« Mais ce roi vous craignait et ne vous aimait guère
« Moi je vous aime et je ne vous crains pas. »

SUR LOUIS XVI.

Sans faste, portant la couronne,
Louis parut aux yeux de l'univers,
Aussi modeste sur le trône
Qu'il fut sublime dans les fers.

SUR

MARIE ANTOINETTE.

Elle a tout vu s'anéantir
Sans proférer aucune plainte ;
Elle a souffert comme un martyr,
Elle est morte comme une sainte.

SUR LOUIS XVII

(LE DAUPHIN),

Mort au Temple, après une maladie de langueur.

Comme un roseau que son jeune âge
A rendu le jouet des vents,
Il est mort courbé par l'orage...
Avant le temps.

SUR LA PRINCESSE

ÉLISABETH.

D'où vient qu'Élisabeth, à son heure dernière,
Avait sur l'échafaud des traits si radieux ?
C'est qu'avant de quitter la terre,
Elle était déjà dans les cieux.

SUR

LE DUC D'ENGHIEN.

Du dernier des Condé, Français, pleurez le sort!
Dans l'horreur de la nuit, au pied d'une muraille...
Ce héros a reçu la mort...
Le ciel la lui devait sur un champ de bataille!...

SUR LA MORT

DU DUC DE BERRI.

De Henri-Quatre il eut le sort :
De lui le malheureux se fit toujours entendre ;
Et les pleurs qu'a causés sa mort,
Sont les seuls qu'il ait fait répandre.

SUR MONSIEUR

DE MALESHERBES.

A son Roi malheureux, il prêta son appui;
Ne pouvant le sauver, il mourut avec lui.

PRIÈRE

POUR

MONSEIGNEUR LE DUC DE BORDEAUX (*).

Royal enfant, puisse le ciel prospère
Sur toi veiller toujours,
Et le destin, ajouter à tes jours
Tous ceux qu'il devait à ton père.

(*) Extrait du *Garde-Chasse de Chambord*.

Table.

FIN DE LA TABLE.

Musique de la Cantate.

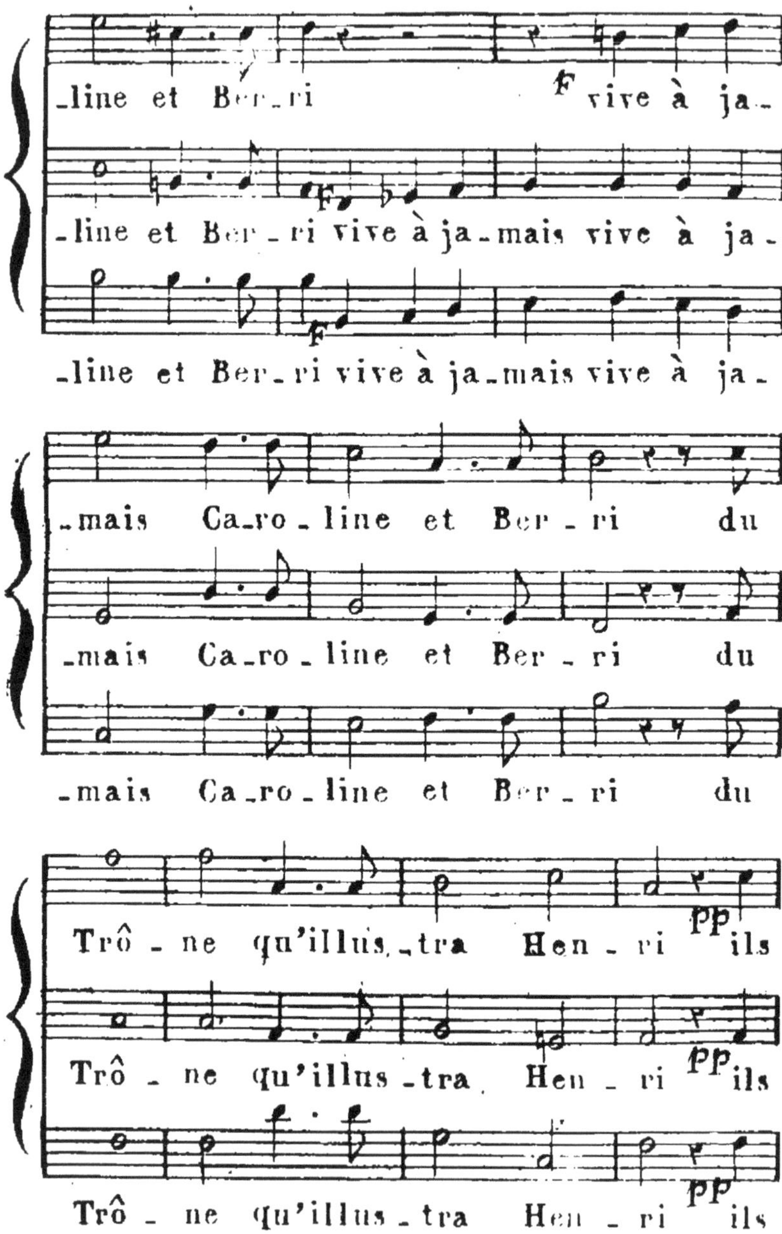
-line et Ber-ri
F vive à ja-
-line et Ber-ri vive à ja-mais vive à ja-
-line et Ber-ri vive à ja-mais vive à ja-
-mais Ca-ro-line et Ber-ri du
-mais Ca-ro-line et Ber-ri du
-mais Ca-ro-line et Ber-ri du
Trô-ne qu'illus-tra Hen-ri pp ils
Trô-ne qu'illus-tra Hen-ri pp ils
Trô-ne qu'illus-tra Hen-ri pp ils

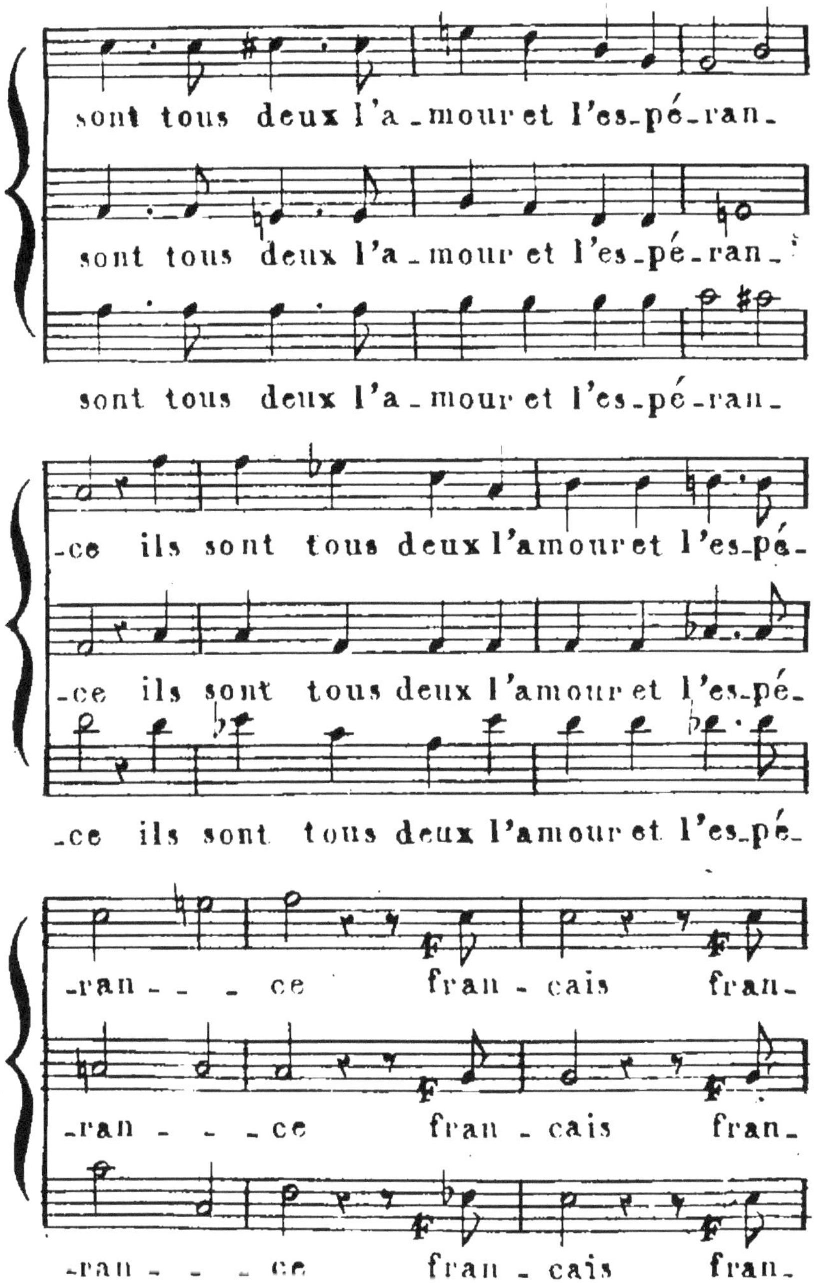
sont tous deux l'a_mour et l'es_pé_ran_
sont tous deux l'a_mour et l'es_pé_ran_
sont tous deux l'a_mour et l'es_pé_ran_
_ce ils sont tous deux l'amour et l'es_pé_
_ce ils sont tous deux l'amour et l'es_pé_
_ce ils sont tous deux l'amour et l'es_pé_
ran _ _ ce fran _ cais fran_
_ran _ _ _ ce fran _ cais fran_
_ran _ _ _ ce fran _ cais fran_

-çais n'a-yons qu'un même cri fran-
-çais n'a-yons qu'un même cri fran-
-çais n'a-yons qu'un même cri fran-
-çais fran-çais n'ayons qu'un même
-çais fran-çais n'ayons qu'un même
-çais fran-çais n'ayons qu'un même
cri pp vive à ja-mais Ca-ro-
cri pp vive à ja-mais Ca-ro-
cri pp vive à ja-mais Ca-ro-

-line et Ber-ri F vive à ja-
-line et Ber-ri vive à ja-mais vive à ja-
-line et Ber-ri vive a ja-mais vive à ja-
-mais Ca-ro-line et Ber-ri
-mais Ca-ro-line et Ber-ri
-mais Ca-ro-line et Ber-ri vive à ja-
vive à ja-mais vive à ja-
-mais vive à ja-
-mais vive à ja-mais

_mais Ca_ro_line et Ber_ri
_mais Ca_ro_line et Ber_ri
Ca_ro_line et Ber_ri vive à ja_
vive à ja_mais vive à ja_
vive à ja_mais vive à ja_
_mais vive à ja_mais
_mais Ca_ro_line et Ber_ri
_mais Ca_ro_line et Ber_ri
Ca_ro_line et Ber_ri

Mod.to
une voix seule
1.e Couplet
De toutes parts que l'on ap--
-prè te ses vœux ses fleurs et ses couplets car des Bour-
-bons toujours la fê-te sera celle des vrais fran-
-cais sera celle des vrais fran-cais: oui
dans cette heureu-se jour né e il est bien-
doux pour notre amour de peindre une fois dans l'an-
-né-e ce qu'on é-prouve cha-que
jour ce qu'on é-prou-ve cha-que
choeur
jour. oui dans cette heureuse journée il est bien
jour. oui dans cette heureuse journée il est bien
jour. oui dans cette heureuse journée il est bien

doux pour notre a-mour de peindre une fois dans l'an_
doux pour notre a-mour de peindre une fois dans l'an_
doux pour notre a mour de peindre une fois dans l'an_
né_e ce qu'on é _ prou_ve cha_ _ que
né_e ce qu'on é _ prou_ve cha _ _ que
né_e ce qu'on é _ prou_ve cha _ _ que
jour ce qu'on é_prou_ve cha que jour.
jour ce qu'on é_prou_ve cha_que jour.
jour ce qu'on é_prou_ve cha_que jour.

www.ingramcontent.com/pod-product-compliance
Ingram Content Group UK Ltd.
Pitfield, Milton Keynes, MK11 3LW, UK
UKHW031859260826
14628UKWH00002B/870

9 782019 635015